水辺の庭

Suihen no Niwa

堀口すみれ子

Horiguchi Sumireko

かまくら春秋社

水辺の庭

すいへんのにわ

堀口すみれ子

装画・装丁　柳澤紀子

目次

水辺の庭　8
あかるい午後　10
二泉映月　12
冬仕度　14
陽気な秋　16
すずめ　18
磯ぎく　20
荒野　22
予感して　24
あわ雪　26
ケイレイ　28
和ぎ　30

秋の蝶　32
朝の列車　34
夜光虫　36
夏のたずね人　38
たままつり　40
上高地再訪　42
遠雷　44
カレードスコープ　46
蓼科高原　48
二〇〇四年　秋　50
阿蘇　52
六月の朝　54
青　56
水　58
雨よ　降れよ　60

七夕おくり　62
黒部川・七月　64
雲と　空と　66
春の野　68
おむかえ　70
九月、子どもたち　72
たんぽぽ　74
明暗　76
湘南百景　78
子どもに　80
夏のみかん　82
つつじまつり　84
青嵐　86
橋　88
残り香　90

秋日和　92
風の道　94
寒中に　96
五位鷺　98
大寒　100
春が低声に　102
さくら　104
あとがき　106

水辺の庭

水辺の庭

いつのことだか記憶にない
どこの海だかわからない

ハーブの岩藻の
ちいさな波にゆすられて
妙なるうたをきいていた
ひとでの原に花がさき
さんごの林がとおくに見えた

夜さえもひかりにみちて
月影のあとからあとから
しろいくらげが浮きあがる
いつのことだか記憶にない
どこの海だかおぼえていない

今日ここに　海軟風にはこばれて
水辺の庭にたどりつく

あかるい午後

美しい金色でした
からまつ林の黄葉のまぶしさ
ゆるい午後の陽が
雲間からさして
風のかたちの枝が
るる　葉をおとしていました

落下する千の針で
地上は錦繍《きんしゅう》にかがやいていました

冬がくるまえの
つかの間の午後でした

美しい金色でした
からまつ林の黄葉のまぶしさ

二泉映月

くりかえし聴く
「二泉映月」
その二胡のしらべは
どことはいえない
中国の
蘇州あたりの
景勝に
私を連れ出す

人の知らない
高みの
二つの泉に
二つの月が
皓々と
水鏡して
そのひとつひとつに
違う私の
心が映る

冬仕度

門灯にはりついて
暖をとる
守宮《やもり》はいいね
気楽なものだね

そうやってじっとしていれば
明かりに寄って
いくらでも羽虫がとんでくる

まともに冬がきたら
家の中に入って
戸ぶくろの裏にでも
はりついていればいいのだね

私も家守　しかし人間
吸盤がない　舌がない
能天気な能がない

陽気な秋

予告もなしに
季節がうつって
今日、しめやかに秋がきた

空気に凛が宿って
まってましたと
ひよどり　つぐみ

陽気な告知者の
庭にあふれる
とまらない謳

風がやみ
樹木は黙し
太陽が少しかしぐ

すずめ

月照る軒に
ちちっ　という叫びをきくと
人に馴れない
おまえたちの寂しさを思うよ
身ぢかに住むのに
遠い鳥たち
みなれたかたちを
だれも誉めないけれど

夜あけを告げる
軒のすずめのさえずりで
一日が明けなかったら
さぞ　さみしかろうね

磯ぎく

背のびして
やっと摘んだ
崖の磯ぎくは
汐風に干からびて
壺の水を吸わない

磯ぎくは
夜ごとの月に

花を染め
朝つゆを浴びて
咲いていたのだった

荒野

雨のむこうに太陽《ひ》が輝いていると
知っているのは
荒野《あらの》の石組みから
ゆうべ
急に丈のびた
つわぶきの黄色いつぼみ

一心に

信じる者の方へ
心に荒野を抱いて
人よ
一心に
信じる者の方へ

予感して

時をまつ
満を持して時をまつ
人をまつ
心化粧して人をまつ

時が来ないの？
人が来ないの？
待つ心があなたを育て

その心が私を幸福にする

時をまつ
人をまつ
待ちましょう
予感は当る

あわ雪

心の雪原に埋めて
冬じゅう抱いていた熾《おき》が
いま消える

近く居る
遠い人よ
疾くきませ
疾くきて眺めませ

真名瀬《しんなせ》山の雪もよう
春のあわ雪
消えぬ間に

ケイレイ

姫宮さまが両の足で立ち
御用邸の海側のご門から
目の前の海に
歓声をあげて
歩みだされる日は
そう遠いことではありません
相模の海のむこうに
富士山がケイレイの形で

お迎えするでしょう

ご覧下さい
この海を
あの山を

海はいつも照り輝き
おだやかで
汪洋の海でありましょう

和ぎ

わたしがそこに行ったとき
冬でない　夏でない
春でも　秋でもない季節
四季の暦にない季節

大雪山国立公園　然別湖《しかりべつこ》は
和《な》ぎのねむりを睡ってた
霧のショールを掛け渡し

シマフクロウにあやされて
水脈《みお》ひく鳥にも目覚めない

然別湖を想うとき
霧のショールを掛け渡し
わたしの心も和ぎ渡る

秋の蝶

透明なひかりの中を
秋の蝶が乱れ飛ぶのは
ゆうべ
草の葉に降りた
月の雫でしょうか

蝶はひらひら
翅を交わし

無言でさざめき
白い月を追って
のぼって行きました
久住《くじゅう》　九重《ここのえ》　天上の国
朝みた夢の光景です

朝の列車

五時三十八分
枕もとを電車が通る
ガタンゴトン　ガタンゴトン
線路の継ぎ目のリズムで
朝ごとの通過列車は
どこから来るのだろう
一番近い駅まで
歩いたら一時間もかかるのに

不思議だとも思わないで
ガタンゴトン　ガタンゴトン
いつのまにか待っている

誰が乗っているのだろう
明け染めた黄金色《きんいろ》の空にむかって
この町の屋根の下の
一人一人を
お乗りなさい　お乗りなさいと
ゆり起しながら

夜光虫

夜の海の底から
ほの青く
ひかりを帯びた
波が寄せる

波は次第に嵩をまし
猛り　引き合い
ぎりぎりの均衡を保っている
極まって
身も世もない振りで
砕け散る

青い火炎、波
蛍火の飛まつが
闇に吸われ
鎮まる

くり返す
波の激情は
七つの海の
水の情念　思いのたけ

夢はてて
あした
赤い潮の帯

夏のたずね人

お盆はとうに過ぎた朝
湧きあがる
入道雲の果てから
蝶が一頭あらわれて
人から人へ
誰をさがしているのでしょう
渚の飛翔は重そうです
あの世の使者だという蝶に

――私はここ　ここに居ます
叫んだけれど行ってしまった

蝶が訪ねているものは
現し身の人でなく
過ぎ果てた若いこころなのらしい

たまつり

夏真昼
小暗《おぐら》い部屋の中で
すいかは
暗緑の表皮を張りつめて
やっと均衡を保っていた
包丁をあてると
待っていたその瞬間
自らの力で二つに割れ

肉の花が咲いた
花は鋼《こう》のかおりをたて
赤い汁をこぼした

上高地再訪

暮れなずむ木立に
かっこうがこだまして
思い出の余情をさそう
涸沢の冷たい水で
レモン水をのんだのは
ずい分むかしのことだ
今のようにペットボトルなんて
ないころのことだもの

遠くに穂高連峰の雪嶺があった
河原で積みあげた
ケルンの底に
人への想いを沈めてきたけれど
今はもう
雪《ゆき》消《げ》水《みず》に晒されて
浄く
あとかたもない

遠 雷

夏闌《た》けて
樹木は伸びるのを止めた
太陽はまだ翳らない

遠雷がきこえる
山は雨だろう
雨は私を濡らすだろうか

風がさわいで
鳥が止んだ
心に遠雷がきこえる

カレードスコープ

幼いおまえがくれた
カレードスコープは
くるり廻すと
虫ピンとゼム・クリップと
千代紙の少しばかりが
思いがけない模様をつくり出す

その明かるい

かぎりない変化がうれしくて
おかえしに
おまえのカレードスコープには
私の尽《ずく》と時間と
千代紙の少しばかりを封じ込めた

どんな模様がみえていたのか
おまえは　いつの間に
あそばなくなった

私はひとり
古いカレードスコープに
時のかけらを入れて廻す

蓼科高原

まっすぐ伸びた
赤松の林に
朝の太陽が
ほがらかにさし込んで
太い幹に
下草のひょろ長い枝が
影を映して
くすぐったそうだ

ゆうべの雷が置いて行った
靄が空にかえり
透明な日がはじまる
電話もならず
　蟬がいっせいに鳴き出した
手紙も届かず
　すすき　穂に出てもう秋のたよりだ
訪れる人もいない

二〇〇四年　秋

熱風　炎天の
夏すぎて
はや九月
二百十日の
空を雲がはしる
雲を追って
地球がまわる

行方知らずの
地球がまわる

阿蘇

とよあしはら、みずほの国、この美しい草原に通した、長い一本の道路を走るバスの中で、うつらうつらしながら、窮屈な座席から蝶を見た。

雨あがり
あお熅《いきれ》の中

湧きあがる蒸気が
天界と地界を分けていた

草千里
温気の中
蝶が生まれ
み返えりがちに
天翔ける

六月の朝

夜あけが
待宵草をねむらせる
ゆうべ見たことに
頬　そめて
そっと
花をとじた

陽がのぼる

雲がはしる
南風が
雨をつれてきそうだ
ヨットが
帆走の時をまって
しきりにステーを鳴らす

砂をはう
浜昼顔は
一心に
波音をきいている
風がそこだけ明かるい
六月の朝

青

青、夏の青は
　雨に円満なあじさいでしょうか

盆の灯に寄る
　きつね火？

薄明から闇へと
　明滅する蛍火かも知れない

朝《あした》に青海原のもくずとなり果てる
　岩うつ夜光虫でしょうか
そう、青は春秋を経て
　心に消えない情熱です

水

ドビュッシーを
くり返しききながら
あてどなく走る

山すその村は
芽ぶきのとき
うぐいすの声

タンポポの黄で
まるくふちどられた
田ごとの水

日ごと育つ
水に映る
から松

いつの間に
自分の田にも
水、満々

雨よ　降れよ

雨よ　降れよ
降れ　降れよ
万緑の色が抜けるほど
つゝじの赤が流れ出るほど
地上のすべてに
雨よ　降れ　降れよ
いっさいを洗い流せよ

足あとを消してしまえよ
行手の道を流せよ
雨にはばまれて
道を失った人間は
思いがけない
跳躍をとげるのだから

七夕おくり

渚に散った
星の破片
天の川のかたちの
七夕の残骸
かけたのもまじる片貝
ひとで　巻貝　さくら貝

ひかりをなくした
忘れ貝

雨の
七夕おくり

黒部川・七月

この音は
母の音
胎児がきく
羊水の音

白い山巓《さんてん》で
めざめた
雪の雫は

八千の谷を裂き
われがちに

ほとばしり出る

清麗に
清烈に
そして猛り

囚われ
撓《たわ》められ
また下る

この音は
母の音
大地をうるおす
命の音

雲と　空と

ぼくは雲
相模の沖はるか
海から生まれた
威風堂々
雲の峰

ぼくは無宿
住処《すみか》はいらない
風まかせ

丸ごし
どこへでも行く

魚をねむらせ
森をなだめて
時に召されて
蒼い天頂の
月の恋人

私は空
雲居の空
風も月も
消えては生まれる
マクロのカンバス、空

春の野

誰が教えてくれたのでしょう
茅花《つばな》の銀の穂先は
かむとほの甘いことを
小さいときから知っていました

はらっぱのへりには
見ただけで
口の中がすっぱくなる

すかんぽが若い芽をのばしていました

畑と田んぼと
空地がいっぱいあったころ
こっそり食べた
ジャンクフードです

今　キラキラひかる春の野に
茅花やすかんぽのひと叢《むら》をみつけると
蛍の光のメロディーといっしょに
六年一組のみんなの顔がうかびます

おむかえ

たくさんあるおもちゃの
ひとつを奪い合う子
すぐあきらめる子
すぐあきる子
ひとりあそびに一心な子
だれかが電車になりました
「ねえ　踏み切りやって」
「カーン　カーン　カーン

停まってください　通れません」
「ちがうよ電車は踏み切り通れるんだよ」

あそびつかれて夕暮れが来て
一人　二人とかえっていった
ホールに残った最後の一人
うつむいた背中が
おとなびて寂しい

九月、子どもたち

いらっしゃい
抱きしめてあげましょう
わたしはそら
秋の海をうつして
高く広い

画用紙からはみ出す

あなたの絵のように
おもいきり
わたしに向って
投げて下さい

たとえそれが
そらから
はみ出したとしても
かまわずいらっしゃい
吸いつくしましょう

たんぽぽ

四月の歩道
黄色い道しるべ
たんぽぽ

夜明けから
日暮れまで
ひるの番人

走ってはいけません
　並んで歩いてもきけんです
　一列に、あっ　ふまないで

あの旺盛なたんぽぽだって
子ども相手はつかれます
花茎《はなぐき》をそっと横たえてひと休み

いつかすくっと起きあがり
遠く、遠くに、見知らぬ遠くに
白い綿毛をとばします

明暗

ひかりの庭のテーブルで
蟻がパンをひいてます
あぶがチーズをかじってる
あゝ　太陽が水を飲む
五月ですもの
きまえよく
なんでも分けてやりましょう

つばきのやぶの暗がりで
季節におくれた一りんが
しろくおぼろにひかってる
へびが静かにしのびより
かまくびもたげてゆらしたら
五月の闇の灯明は
音もたてずにきえました

湘南百景

モーターボートに引かれて
空に舞う
凧になりたい人のスポーツ
パラセール

しかし
凧の遠くへは行けない
けれど

ゆりかもめには届く

たった五分の空中游泳
それだけで
宇宙から帰った人のように
すでに征服者だ

子どもに

大空めざして
飛び立とう
つばさを広げたら
どこまでも行けるでしょう
雨と風のむこうは
太陽わらっている
世界のとびら開けてみよう
みんなは未来の子

心に青空を
映したら
明かるい気持で
ほら、やさしくなれるでしょう
楽しいみんなの広場
仲よくなれるから
おおきな声で呼んでみよう
ぼくらは地球の子

夏のみかん

名残りの花を散らし
春を静めて
瑲々《そうそう》と玉の音たて
大地ひとし並みに降る

雨が季節の幕を引いた
ごらん
五月闇にうかぶ

凡庸《ぼんよう》な夏のみかん
あれは
冬を耐え　春をしのいだ
熟れて円満な時のかたち
いま、洗われて地上の月

つつじまつり

神にかざした
　ささげもの
雨に濡れる
　つつじの畝
天に続く
　紅い波

波間に
　人かげ
音もたてず
　粛々と
巡礼者の
　かさのゆれ

青嵐

私の朝ごとの小径は
耳ちかく　うぐいすが鳴いて
足もとに
すみれ　二輪草が咲く

今朝
鮮烈な黄とみどりの
山吹が

いく重にもしだれて
瀧になって流れだした

うず巻く群落の
あのあたりから
なににもまけない息吹が
楽の音のように鳴り出して
若い雑木を巻き込む

やがて青嵐となって
森のすべてを支配するのだろう

橋

落雁橋は家に至る橋
あそび惚けて
家路をいそいでいる時も
足とめて
星をかぞえたものだった

流れるは涸れ涸れの森戸川
鯉が群れ

雁ならぬ鴨が浮寝して
小さぎ五位さぎ青さぎが遊ぶ
ささやかな楽園

「橋のところでうちの人が待っている」
と、死の二日まえ
母がいったので
落雁橋は黄泉路への橋
森戸川は渡り川

残り香

いっしょに過ごした
時間《とき》の花びらをまとって立っていた葉子
これから
どんな時を縫いつけるのだろう

「泣かないから　泣かないで」
むりな注文をする
「近くに居るから……」

そういうおまえは
地球の一周ほど遠い

一人は馴れているはずなのに
早い日ぐれがこころぼそい
おまえの部屋は　いまも
小春日のにおいがする

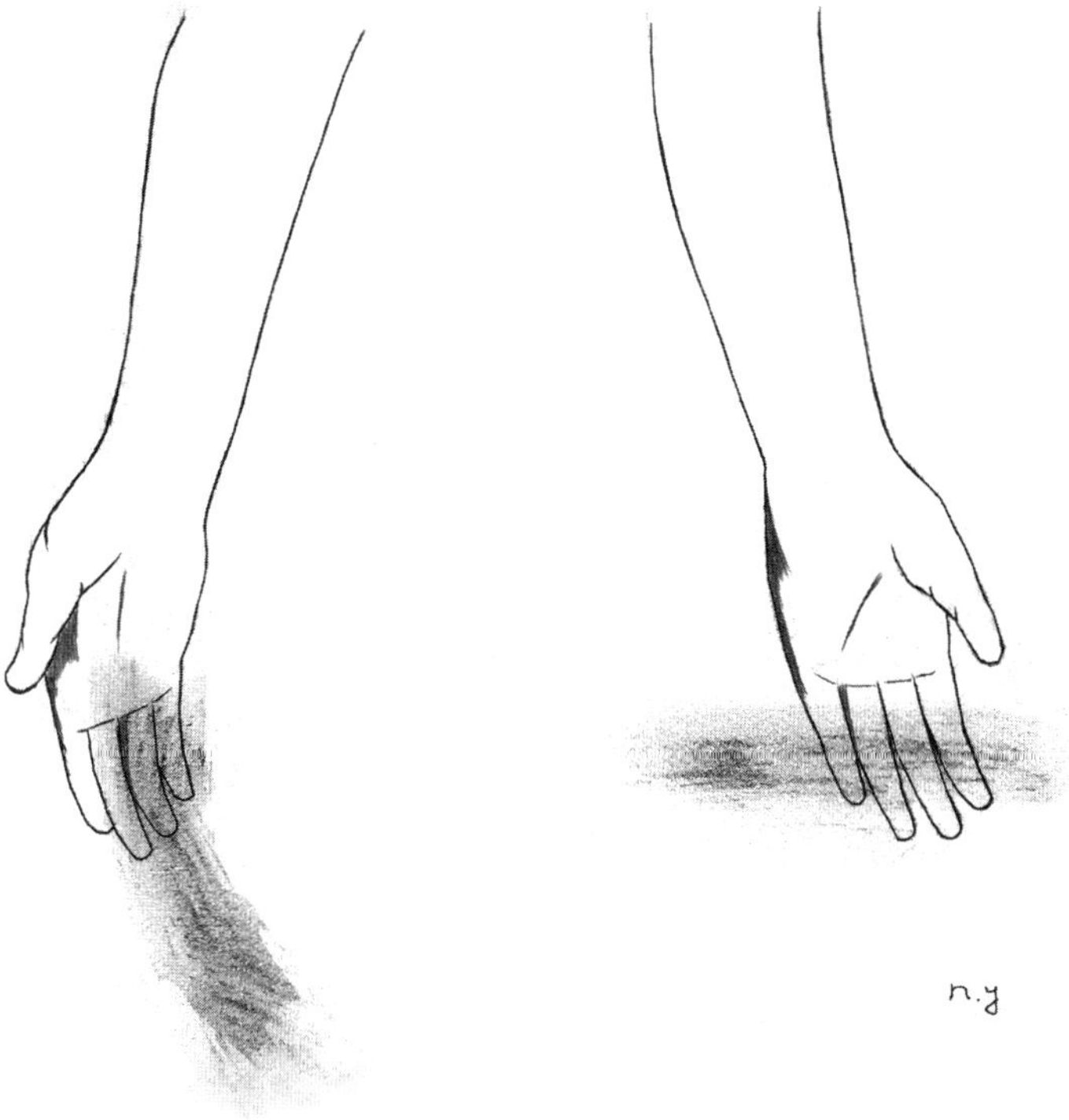

秋日和

今
行きます、と
ひびく
出発の警笛
秋日和
影ながく

送葬の列
うなだれて
さようなら
早世のひと
見送って
送葬の列
三々　五々
散り散りに

風の道

冬の陽に
きらきら
水面《みなも》は
銀のうろこ

うねる
うたう
うちつける

うみがあれる
はるか対岸へ
風を受けて
歩きながら

ふと　止まる　迷う
今　どこにいる

寒中に

雨もよいの庭を
そこだけ明かるくして
ゆり　ゆらゆら
ゆれて　うかぶ
ひかる白い帆

霜やけて
少し赤錆びて

ゆり　ゆらゆら
ゆれて　きこえる
汐の遠鳴り

人には見えない
風の道の
朽ち葉が吹き寄る
かたすみに

季節にはぐれて
ゆり　いちりん

五位鷺

あわれ五位鷺
もとこれ天皇の庭に住む鳥
なんの果報か　醍醐天皇のおそば近く
五位の席次を賜った

そのまま禁苑《きんえん》に暮らせばよかったものを
かこわれものの伝で
東へ東へ飛び立ったのが千年むかし

半島の川尻に降りたのが不運のはじまり

緑ゆたかな川辺の雑木は
年ごとに姿を消し
唯一　榎の大木に群棲す
なんの因果か　冬の梢には身をかくす一葉もない

あわれ五位鷺　雨の日も風の日も
美しい冠羽のこる頭《こうべ》を
灰色の翼深くうずめて
栄光の日々を思う

大寒

冬の月が中天にかかって
夜が蒼い
またたく星々の中で
いま地球は
かがやいているでしょうか
この星には
こんなにも心やさしい人々が
あふれているのに

天災と人災と
避けようのない
不条理を積んで
流星の運命をたどるのでしょうか

春が低声に

あまり風が強いので
常緑の山が
裏白くうねって
今にもいっさいの服を
ぬいでしまいそう

湘南のミストラル
冷たいはやち

春への通過儀礼
このうねり　この乱雑は
すでに序曲だ

砂がアスファルトを這い
鳥が風に波乗りする
あまり風が強いので
春が低声《こごえ》に
うたっているのがきこえない

さくら

千年の
さくら　ちるちる
花びらを
薄墨に染めて

花びらを
薄墨に染めて
さくら　ちる

一瞬　はなやぎ
やがて　静まる

永遠回帰を願うように
千年の巨木
深く　蒼い天に
散華する

あとがき

月刊『かまくら春秋』に詩を連載して十七年、今年二〇〇回のふしめをむかえ、またこのたび、第一詩集以降の作品から詩篇を選び、ここに第二詩集を出版する運びになりました。

あらためて読み返すと、詩に対する自分のスタンス、また人としての自分の在りかたち、そして『かまくら春秋』の誌面を借りて、なにを伝えたいのかがはっきりしてきます。

表題の「水辺の庭」は、表紙をかざっていただいた版画家、柳澤紀子さんの作品「水邊の庭」の連作から使わせていただきました。「水邊の庭」の曖昧でない厳格な線で描出された対象物は、単独のようでそうではなく、境界を持たずに他と深くからんでいます。

象徴的な深い蒼によって、人間の孤独、哀しみといった、現世的な世界をこえた境界線のむこう側につれ出されるような強い印象をうけました。

柳澤さんの作品は、吉増剛造さんの同題の詩にインスピレーションを得て完成したのだそうです。吉増さんの詩もまた、柳澤さんからのファクシミリに触発されて創られたということです。創造の連鎖ということでしょうか。

ことばは浅く想いを深くこめたこの一冊が、読む人の心をゆりうごかして、やさしい連鎖がはじまることを願っています。

書きつづけさせてくださった、かまくら春秋社、そしておせわになった代々の担当スタッフの方々に深く感謝いたします。

堀口すみれ子

平成十八年九月

堀口すみれ子（ほりぐち・すみれこ）
詩人・エッセイスト。慶應義塾大学仏文科卒。著書に詩集「風のあしおと」、父・大學の思い出を綴った「虹の館」「父の形見草」、葉山周辺の散歩道を紹介した「私のはやま道」など。編著に堀口大學詩集「幸福のパン種」がある。神奈川県葉山町在住。

水辺の庭

著　者　堀口すみれ子
発行者　伊藤玄二郎
発行所　かまくら春秋社
鎌倉市小町二―一四―七
電話〇四六七（二五）二八六四
印刷所　ケイアール

平成十八年十月十九日　発行

ISBN4-7740-0345-X C0095

かまくら春秋社

風のあしおと

堀口すみれ子　著

想いは言葉の風にのせて——堀口大學の愛娘が紡ぐ第一詩集。うつろいゆく自然の情景や温かな家族の絆を見つめる。月刊「かまくら春秋」連載の詩篇から50篇を収録。

定価　本体2200円＋税
ISBN4-7740-0145-7　C0095

かまくら春秋社

幸福のパン種

堀口大學詩集／堀口すみれ子 編

堀口大學の愛娘が選りすぐった珠玉68篇。いずれの詩篇も読者の心に味わいとして残り、時を経て醸造され、幸せな感覚、あるいは感情として心の中に膨らんでいく「幸福のパン種」である。

定価 本体1359円＋税
ISBN4-7740-0006-X C0092

かまくら春秋社

虹の館

—父・堀口大學の想い出—

堀口すみれ子 著

「ずっとパパのそばにいておくれ。女性に適齢期はないんだよ。一人でいればいつでも適齢期なんだからね」と父。父と娘の絆は強くも美しく、そして哀しい。父・大學の素顔を温かい筆で描き出す。

定価 本体1263円＋税
ISBN4-7740-0020-5 C0095